B・Bに乗って

小林Y節子

思潮社

Ｂ・Ｂに乗って

小林Ｙ節子

思潮社

目次

装画＝著者

B・Bに乗って

足ばやに陽が落ちて

ラジカルな指が廻した
ルーレットはゆるやかに止まり
クロスする生の文字盤の上

*

足ばやに陽が落ちてゆくと　充電されて
手足の先までパワー・アップするが
モラルは肉体をすり抜けるのに必死で
　使い果たした朝は　すべてがルーズだ
疲労の底に沈む不燃物に

身動きできないほど支配されている

見知らぬ地点に立つことで癒されるもの
骨が安らかに土に帰れる場所
動物も植物も　生も死も
宇宙が位置づけた黄金分割だ
　電源はオフにして　耳をすませて
集中させて　雲の流れより早く
風を感じた頃の感覚を皮ふで見ている

群れる生物の個々の弱さと淋しさは
汚れた風に晒され　臓器が変色するまで
愚かな罪に気づくこともない
　渇いた街のあちらこちらに　暗い
亀裂が見えかくれする世界を抜け出して

海峡という名のラビリンスに憧れる

瑠璃色のドームの下で
ムーン・シャワーをあびた夜は
むかし歩いた物語に再会する
　まるでひとつの割り符のように
つながっている　連なっている

*

　ハードルを幾つも越え
イマージュの森で捜していた
　ドアに辿り着いた

ケースから出す

わたしの中にある幾つかの非常口
そのどれも捨て難い汚れがついている
開こうとしている扉の前で
ためらっていた
ただ　もう少し　ほんの一瞬でも
待って　耐えてみよう

痛いほどの胸さわぎを
手ばなせずに　もて余している
モナリザ・ピンクの夜のあやかしも

磨り切れたフィルム中に消え
遠ざけていた自分の顔を
ケースから出す

たったひとつの言葉の中に死に
たったひとつの言葉の中に生きる
時に肉体よりも人の心は脆いものだ
名前を口にすると瞳がうるむ
歌いあげる声の色相が胸を塞ぐ
ことばのひとつひとつが鮮やかになる
呪縛とはそういうものだ
　その気配も　匂いも
　感じさせないまま　からめとる

六時になったらメイクをしなくては

何処へ行くにも必要なのだから
群れの中では素顔で歩くのは
かなりあぶないらしい
でも　しまっていてはダメ
暑くても寒くても
外気に晒さないとよくないと

眩しさの識別

たとえば電柱にも名前がついている
ゴミの日には朝一番にカラスが止まる
その地域の匂いにまみれた歴史を下げて
あらゆる有意義な　無意味な電波を混ぜ
合わせて送り届ける電線にたよられ

駅から部屋までをつなぐ
ガスの穴　電気の穴　水の穴　と
意味不明の穴の　32個のマンホール
どこの国かわからない街並の色

偶然の連なりの先で必然になってゆく関係
定義づけられない一日の幾つもの出来事
死角になっている場所　盲点になった構造
どこかで秘密に言い伝えられている筈だ
そう信じている

点在するそれぞれの核の反応も分裂も
共振し　苦楽を分けあえるなら
犬でも　草でも　雨であっても
いっこうにかまわない

知らずに延ばしあった手を握り返せば
その長さと数だけ魂の声が流れるのだろう
重なりあう波　おもて波　うら波

交歓する白い玉　黒い玉　黄色い玉
打ち消しあう痛み
カードの裏に隠れた運命を引き当てるように

疲れた日は花を買って帰る人生の幕間
時には花に　尋ねてもいいのだから
斑の顔を見破られずに済むならと
夜の公園の茂みを刈り取る手になって
深い眠りにつく

通い慣れた道の途中でマーケットが消え
不意に　切り立つ崖のきわまで
踏みこんでしまうこともあり
それでもふと　ためらい　ひと息ついても
見定めた目標物に視線をそらさずにいれば

通りがかる誰かが橋をかけてくれる事もある

痛みと傷を怖れない者だけが味わう甘露
奥に潜む熱い部分を掻き乱すように
捉えて離さない
息詰まる瞬間の波　波の連続

不確実な距離

何気ないそぶりで側に居る
距離は確実に近づいて見えて
常に深い闇の色を広げ　待ち伏せる

追われる戦慄で
追いかけて手に入れる高揚
手に入れた日々へ凭《もた》れかかる安逸
その滅びゆく先端
見え隠れするのは近い未来の形

満つる充実と　満たしていく喜び
満ちたあと零さないようにする気遣い
独占のエゴイズムが始まると
鮮やかな流れは色褪せてゆく
思い出というケースに入っていく戦勝品

身も竦む　冴えわたる星空
拭いきれない疑問の支配下で
熱い追い風と
走った後の成就と安らぎを
一時　手にしたか

届かない　でも　不可能でない距離の
不確かさをひき寄せる
どの位置で縮まるのだろうか

計算できない焦りが拡がる息苦しさ
辛いのに　なぜか嬉しい
それほど出会いの地平線は果てしないのか
弛緩した魂は落ちてゆくのみだ
その前に　自分の眼と耳で確かめよ

そろそろ　庭園の仕度にかかろうか
マチスの兎とリルケの虎が
出会った通用門から花びらの歴史の
足跡がつづいている

たくさんの火種をかかえて
育てるのも楽ではないが
要注意で　やけどすることもあろうが
予想を越える　それぞれのドラマの

開花は期待できる

恐れるべきは　ただ　自らの心
近くて見えない全ての発信の場所
留まらないのが宇宙の全体法則
別に羞じることはない
発情にはまだ早いだけ　八月まで待って

瞼の下に

単調な生の営みが底辺を支えている間
どこの地にも根ざすことなく
奔放な枝が壁を突き抜け
特別な空間を支配している場所があり
懐かしい匂いさえする

虹色の布を広げて見せながら
徒らに急ぐこともしないし
現在《ここ》に留まることもないように見える
流れつづけて透明な光を零しながら

魂に磨きをかけてゆくだろう

　ハハナルコトバモ
　イノチノミナモト
　ドコマデモイザナウ

背中には無数の蝶の刻印が
鮮やかに読みとれる
秘密をかい間　見られたような
突き放す視線が　むしろ
強く引き寄せるパワーを発している

その瞳が閉じれば闇　喜びの死
目覚めるたびに産まれる物語
瞼の下に　花の種子が育つ

誰も知らない地上のどこかで
名前も姿も知らない者が
光線を受け止め　ひたすら
捧げるほどに返送しつづける

伝えられる言葉のすべてを
丁寧になぞることが　唯一の門になった

見えない絆に縛られ
天使の顔と悪魔の顔が何度も入れ替わり
酔いしれた後に引き裂かれる　快感の旋律
一瞬に永遠を閉じ込め　風が空を切る

エピローグへうねり

緩やかに暮れる花畑の側には
物語の崖があって
そぞろ歩く足元を狙っている

群生する花影の中で
聡明な額に知恵の光を放ち
日増しに膨張するアイリス
直感と情の熱が生み出したのか
覆われそうに胸さわぎする
速やかに交わされてゆくスルー・パス

展開は読めるか　さとられずに
見送ってしまえば終わりになる
余りにも当然の成り行き
〈終了シマスカ　続行シマスカ〉

時間と経験の重さを測りかねている
早すぎるエピローグに動揺を隠しつつ
微笑みの水面下で　熟れた実を数える

繋ぎ止めていた紐は　古びて切れ
気がつけば折返し地点まで流され
水先案内人の無い旅を予感する
ただ　タイム・リミットの針先で
息絶えそうな生餌が　もがいている
思い切れない鎖がからみつき

彩色する筆は動かない
形をとらえられないデッサンを
　まだ繰り返している

アクションは時間切れ寸前
今まで橋を渡ることを
ためらったことがあっただろうか
古代むらさきの香りだけが
静かに　間断なく誘う

うなだれていた時の針が

うなだれていた時の針が
憑かれたように刻みはじめる
いつになく花芽を温めかえす
季節になりそうな気配だった
不純物は長い間　ほぼ沈澱して
透明度は高まり
鋭利な氷の鮮烈さで
輪郭の一部が現れるのさえ待てない
心逸る期待が隠れていた

真夜中の散歩を連日くり返した

花の色も　眩しすぎる空も
今は　いらない　目障りなのだ
ほの暗い広がりの中で
全細胞は　たゆたい
何処にも境界線がなく
手足はどこまでも自由だったし
耳元に明日の地球の寝息が届いた

両手に見知らぬ鳥の卵を抱え
ただ本能に従い　ひたすら温め続ける
全身は冷気の激しい渦の中にありながら
皮ふの下では無数の火柱が林立している
打ちかえす不安と涌出しようとする希望
順位づけの争いは錯綜し
繕う余裕もなく　素手でつかまえたくなる程

かまえも手だても前後に与えない
一瞬　気を緩めれば見失いそうな
強い力に誘導されてゆくのを感じた

詰めが甘いと獲物は油断の網から逃げる
天使と悪魔が喧嘩しながら進む旅なのだ
どちらも飼い慣らして行くのが最上で
目的地に着いた頃には
スパイスの効いた美味しい料理が
食べられるというもの
手をかけて温めるのも準備のひとつ
行く手を照らすのは
頭上に羽ばたく知恵の鳥だけ
それはよこしまな考えがよぎる時
見えなくなる

マインド・コンタクト

花園の垣根は高くなったのか
太陽の光が遠くなったのか
管理人が変わると庭の形状も変化する
問題は水分と光が充分かどうかだった

まだ見ぬ空の下で存分に
花びらを開くためには
更に強力な養分が必要だった
新しい庭師の　その
シニカルな口元と

細長く白い指先に全て委ねられた
家族にも見せない業を
使ってみせるつもりなのか
まだ種子の選別にとりかかっている
今の段階ではわからない

限りなく降り注ぐ星々の出来事
良くも悪くもそれぞれが　ひとつずつ
測り知れない意味が盛り込まれている
存在をかけた輝きで語りかける

長く待ち望んだ祭りは終わり
熱風を放ち羽をつけたナルシスが
帰途につき隔絶の祝杯に消えた今
燃え残る残像にかざした手を温めて

やりかけの作業にとりかかる
過ぎた真実を後悔の杙《くい》に
晒しものにしない為にも
現在《いま》を覆す必要があるだろうか
誰も気づかぬエネルギーが
スラッシュもドットも無縁な所で
生まれようとしていた

延び続ける高さに何処まで追いつけるか
何も失わず　枝をのばして行けるのか
運命も　時間も　倍速で流れてゆく

零《ゼロ》の部屋

塞がれた出口　外された足場
宙吊りのマリオネットは　さしずめ
しゃべり過ぎた口をつぐみ
心を　脳を　動かすしかない
この位置は何を意味するのか
〈時に　言葉は　秘められる〉

零《ゼロ》の中心から
放射状に広がる
細胞の指令
　　放てば集まってくる

具象のパーツが
色調・外形・重量になって

判別の床にはびこる枯草の
根の先に悪魔の脚がはえていて
異常な速度で育ってゆき
短時間で足元には
大量のファイルが
密集して三百六十度

優しく滴る水音は幻聴だったのか
そのうち建物全体に溢れ出すだろう
まとわりつく湿気で全身が沈む前に
ぎりぎりまでたぐり寄せて
動き出すつもりでいる

　　そこまで大胆になっていた

本流をそれてしまった途中の島で
川を下る筏を組み　杖を削り
再び漕ぎ出す仕度を整える
　　旧モデルの装備は解除して
　　生身を晒しながら
　　最前列で歩き出そうとしている

昨日までの場所と人種を消し込み
リセットしてゆくと
不要なものが過剰に守られている
これは見せかけのステップか
此処は進化した星なのでは
〈パスワードは誰にも明かされない〉

隠れた月　変幻する地形

荒立つ日常を飾りつけ照らしていた
ワタシの月は隠れてしまった
　いつでも中央の席は空けてあるのに
　秘かな期待は変化することなく
　その僅かな兆しもまだ見えない

手探りで開けた扉の奥には
美しい案内人が現れ虹の箱を手渡し
（お持ち帰りは禁止です）
そう言いながら取りあえず外形を保っていた

ただし　内容はその限りではない
暗黙の内に表情は語っていた
（むしろ貪欲に奪って良いのです）
指し示す方向に山並が
この地点からも鮮明に見える
何かが満たされてゆくのを感じた

少しでも高みに立てば
違った景色が広がってゆく
背景にふさわしい人々　無数の獣道
それぞれの未来に挨拶する
足場に揺れを感じるのは
強すぎる風のせいかもしれない
〈すべて満たされる事は危険だ〉
足どりは俄に失速しはじめた

加えて地形の複雑さに気がつく

信じることが出来ないのは
この場所なのか　人なのか
或いは自分なのか　答えを捜す
美しい案内人は最終の答えを知らない
優雅な香りを放つ高い崖は
思いの外《ほか》　残酷なのだ
いつまでも揺籃は与えられない
次の峰に至るには〈満たされない〉
という足場が必要だからだ

今も歩いて行く地形は変幻し続けている
暗い足元に　徒らに心迷うばかりで

棘立つ枝々をかいくぐり
凍り出した道を透明になって渡る
ワタシの月は隠れたままだ

グリーン・メール

待ちかねていた便りが
期せずして　舞い込むと
急激に鼓動は速まる

特殊加工の部屋から脱出するたび
鎖を外さねばならなかった
絆を深める為に不可欠なのか
くり返される誓いの儀式と
狭い庭の眺めにも慣れたところだ

まだ夜の頂きに微かな光が
零れたに過ぎないが
冷えていた血の流れに
温度が戻ってくるのを感じる
これから訪れる乾いた季節を
どれ程　暖めてくれることだろう

足元は泥にまみれながら
頭は成層圏に突き出していて
閉じ込められていたものが
増殖しつづけている
何気なくやり過ごした昼中も
重なる想いは思考の隙間にスライドする

今まで抱いていた天使が

本当は悪魔で　突然
胸に牙を立てたとしても
痛みさえ忘れ血を流しているだろう
それほど取り憑かれている

目の前に　緑のヴェールを靡かせ
手招いている人の頭上には
不滅の色が　息づいていて
見ているだけで同じ色に染められる
欲望の枝を剪定し
知恵を育て活かせるものなら
無国籍の旅に出て行ける

生は死　死は生の始まり
外は準備中の札をかけ春を仕込み中

大切な物の扉はゆっくり開ける
気を失わないように
すでに暗示にかけられている者には
特に

惑星の庭

多くを語って　その
どれも言い当てていない　のは
そうめずらしい事ではない

はじめて聞く故郷の物語が
信頼のひとつの形だった
脳内スクリーンに広がる海
波の上で船を操る人影
耳の奥で風が吹き　潮が鳴る
正面に位置する存在が

背景を得て鮮やかに浮上する
人を知るとは　こういう事なのか
初めて出会ったようにさえ　感じる
何度でも　経験する

飢えを満たすのはパンだけとは限らない
少し先にある　夢のかわりに
ほうれん草のバター炒めを頬ばる

足元から吹き上げてくる孤独感に
石になってしまう夕暮れも
微熱を溜めたエネルギーの潜伏に
制御不能に陥りそうな我身を
寡黙な大地が支えてくれている
世紀を越えて回転する螺旋の中で

瞬時に接して関わり合う　惑星の庭で
秘めやかに育んだものを
蕾のうちに摘むのか　開くのを待つか
花が閉じて実をつけたら種を得るのか

向かい風で歩みが停滞しても
追い風に　思わぬ先へ進もうと
問題ではない　ただ　風向きが変わるだけだから

鼓動　ON

いつの間にか
日付けが変わったのか
告げる音も、聴き漏らして
五分も経過していた

再会　再燃エリアまで
カウント・ダウンは静かに始まっていて
気持ちの置き所も　整えて
十五分前には　肉体も移動する
手紙を書く暇もなく

四十分間のフル充電に入る
熱い　風が止んだのか
空気も流れない　秒針も止まったのか
脈拍数も最高レベルに達して

連続して発散する熱をあび
生物の粘力で放出し、繋っている
その地点までは　僅かな距離なのに
どの辺でか　厳密には遠い
バーチャルに見えるが　そうではない
現実の転送なのだ

滑らかな纏わりつく感覚は
決して放そうとはしないから

コネクターとの流れが
接続ＯＦＦにならない限り不可能だ

このまま囚われ続けると
消耗し尽くすだろう
これが限度内か　自制不能に近いのだから
解き放して欲しいのか　本心から　熱から
意志は作業を休んでいる　受信中だ

飼い慣らされている　濡れている
誰にも見えない　高音の　高温の暗がり
降りるわけにはいかない

AP

極めて丁重にノックして踏み入る
引き出されてゆく昨日までの条件
或いは現状　生の手ざわり
数字がカムフラージュする
方程式の存在しない場所にも
十の顔の無限大の組み合わせが
目的地までのナビゲーターになる

ナンバー6は　ぶっきらぼう
短気は損気で人生を棒に振りそうな

あやうい兆しが見え隠れするし
3は怠惰な交換キャリアOL
すでに声の張りが感じられず
8は久々のクレームまがいで
冷やっとするも個別に処理するとして
9は低くのびのある中に高圧的に
やんわり拒否する所に陰険さが
——すべて無条件に受け止めて——

なぜか雨の日は縮小し
晴天には立ち上がって見える　入口
訓練犬より広域に昼夜　嗅ぎ分ける
時代の息づかい　生活の匂い
デジタルでいて何処かズレている表示
無機的な機器の向こうでは

涙も涸れる超速度　ため息が重複する
点がつぶやき　線は語り始める
シミュレーションする立体像

誰も足元の色に立ち帰る日が必要
そして　檻の外で
熱いポークソーセージを味わう週末
たっぷりのケチャップがはねる
懐かしい声の再生が体温を上げ
耳の奥に　胸に　押し寄せてくる
今夜の約束を忘れかけている者
朝に辿りつけない者
未来への数字を回して　投げて
転がして　落として　又拾い上げて

点と点の隙間を連続して埋めるのは
選択しつづける果ての答え
ここから先は立ち入りません
それがこの世界の規則だから
知らない誰かと　少しずつ
一生の中の時間を分け合って

Ｂ・Ｂに乗って

俄に　遠いが微かに聴こえる
高周波を放ちながら接近している
雲の割れ目から光の橋が頭上にかかる

飾っておいた無数の玉を
ひとつひとつ取り出してほこりを掃い
並べて　光の変化を楽しむ
長い道のりの途中　何度も
朝になり　昼になり　夜になる
過ぎた月日は永遠のようで

つい昨日のようにも思える
何が変わったのか、不変だったのか
　もう不意に薄れてしまって

見かけより壁は厚く高かったが
囲いは　ところどころくずれ
粗悪な品種は後をたたず
あふれていた香りも失せていた

多くの障害と試練を越えた高みから
何度シャッフルしても
一番先に沈んでゆくもの
もはや誇らし気に語られていた
戦記物語は閉じ
ふかんして全体を見る時

見放すべきか　見守るべきか
役目があるのか問う　重さ
正常な回転を望むなら恐れを捨てよ

連続飛行は確実にオーバーフローになり
気力も限界なれば着地もままならず
まして歪んでいる鏡ばかりだから
むしろ目隠しをした方がましなのだ

しだいに羽音は耳元に近づくと
瞳孔は喜びに拡大し
カオスの洞窟から軽やかに飛び立ち
いつも景色を逆さまに見ながら
誰も見ない真実を見る
ブラック・バードに乗って

闇の中を　暁に向かって
苦悩の崖から羽ばたく

壊れかけている全てを癒し　浄化して
不安定な空隙を一瞬に埋めてしまう
汚れた低い地平線から解放して

夢を沈めて

虹の椅子に腰かけてから
知らぬ間に浮上して
いま景色はすっかり変化していた
見降ろす巷の営みは玩具の森になり
そこに居たことが現実ではない気がして

季節はずれのナイトメアの中で
もがいている頭の中の手と足
どこから覗けば見えるのか次の場所が
何処へ行けば見えて来るのだろう

奥に眠っている別の欲しい物が

胸を塞ぐのは時の流れる長さ　速さ　遅さ
この忍耐を通らねば深くならないのか心は
伝わらないのか　遠くまで
涙があるのはまだしも瞳を閉じられずに
冷たい風に晒しながら色も香りも失い
何もかも凍りついてしまわねばいいが
喜びと引き換えて残された
先の見えない旅の始まり

私の中で退化してゆくもの
　　進化してゆくもの
二極は遠く遠く離れて行き
遙かかなたで互いに目配せする

どちらも同じ様な顔をしている

十二月《じゅうにつき》の頂きで逢瀬をとげた
祭りの衣装は　しまって
禁欲の尼僧のようになって
モノクロームの布に身を包み息を潜める
夢を沈めて　温めて
ふたたび点火される瞬間地点まで
導火線でつながっている

水量を増した泉の底に嗚咽がきこえ
鮮やかすぎる程の残像の群れ
耳に響いている力強い優しい声
インディゴ・ブルーの光る冴

人間麻痺のリハビリ

思いのまま暴走し続けると
オーバーヒートで半強制的に電源を切られ
必要な冷却期間が与えられる
そんな時　幸いに別の痕が露見する

知らぬ間にウイルスは感染をとげ
肉体も心も囚われたのか
麻痺してしまい自由がきかない
現状を解き明かす託宣の口唇を
憑かれたように凝視する

自由の綱を握っている賢明な駆者は
巧みな語調をムチに厳密に操っている
どの道を通っても　いずれ避けられない
同じサイクルの波形に出会う

肉体を診察されながら
精神を診察している
シンメトリーでありながら
対極の分析　診断をする
全細胞が拒否反応するほど
大量の人間の顔を探り
声を聴き過ぎた挙句
関係障害　接触アレルギーに

患者には高すぎるテンションで
支配する力が発するオーラがまばゆく
うろたえて涙するより周辺を
まつげの先から眺めるがいい
絶妙の間隔であらゆる色を遮蔽する衣で
一番大事な臓器を差し出すのを待っている

謎めいた表情とアクティヴな運び
言葉のくり出し方　締めくくり方
明日の値踏みによって信頼の契約成立か
臆病な迷いの兎を追い出して
怖れを祓い　覚悟をうながす

憧れと失望は未知のカードの裏表で
その日の体調と温度で左右する

攪乱するのは　野心か　慈悲心か
除菌した脳と両手で神経細胞を覚醒させる
痛みを感じる肌と熱い血で奇跡に近づく

深夜　特別なリハビリ・メニューを
カルテに記入する
何処に帰るかは　自ら決定する

羽の力

夢でも現実《うつつ》でもない画像に縋る意識
内臓は　日夜あおる不純物を精製し
血管はあらゆる欲望を運び続け渋滞　失速
高位置の脳は酸欠ぎみで半ば澱んでいる

四方に捩《よじ》れた有刺鉄線で急処だけは
無意識に守ってきた
殆どすべてを掌中に入れながら
一番大切なものは零れ落ちて行くもの
焦れる影は　急速に遠ざかり

残忍なレース場に引き戻される

目には見えないが愚者には罪の烙印を
賢者は最後に祈りと誓いで浄化し
不実の輩《やから》には永遠の闇を

温もりの城からどれ程流されたとして
くり返し磨いた　注いでも注いでも
漏れてしまう華美な器は捨て
運命の指がゆるんだ僅かな間に脱出を
未練が命取りにならぬよう

満たしては通り過ぎて行くもの
留まって育って行くもの
運んでくれた人と時に　共に感謝する

不意に遠くへ飛んで行く視線は
いつも何を見ているのだろう
熱いその場を一瞬　置き去りにして
不安になる寸前に　舞い戻る
身は与えても魂は譲れない
固定してしまえば　死と同じ

心の中の羽の力で　呼んでいる無限の場所へ
羽搏きに秘めた暗号を読み解く時増幅する光
痛々しい飛翔の既に輝き始めている輪郭

α《アルファー》

早朝　不意に仕掛けるのはやめて
意識を組み立てている途中に
満月を惜しむ深夜の散歩は
秘密の棺に宝物を隠してゆく行為
誰にも発《あば》かれない場所に目印をつけて

砦は　あえて造らない
軌道を外れた地点で未知の眺めを味わう
逆風に脅されようと呻《うめ》こうと好きな道を取り
物語が朽ちるのを悲しみ一つの愛の死を悼む

鎮魂歌《レクイエム》のかわりに　一本の薔薇をたむけ
無心に駆けてゆく首を失いながら真実の丘へ

甘え上手な顔で巧みに仮面を繕《つくろ》い近づく
不器用さはまやかしを見破るが罠はかけない
手負いになっても誠実の無口な銀波で消す
特定の主《あるじ》を持たない性質はいつからだろう
身も心も疲れたら手を延ばす側らにあれば
ガラスの指で弾《はじ》く熱い谺が何処までも広がり
響き渡って　〈来世でまた会おう〉
燃え殻の中に充満したオレンジの光の追憶

一体　何を身につけて来たのか幾重にも
今となっては必要だったのか疑問に思える
見向きもしなかった平凡すぎる日常が

全く別のものに感じるなんて　ことが
何が変わったのか　見た目は変化してないのに
この手の中の物だけが確実に支えている
〈ワタシなら　現世《ここ》に居る〉
見て来たつもりが見て無かった負の部分さえ

憧れよ　全ての顔を見たいと願う
でも　少しずつ見せて　望むものを
長く　永く　喜びを与えて
魂は宇宙《そら》に向かい　肉体は大地に向かう
天空と大地を征服したら
円満に消滅して溶け合う

レベルX

少なくとも　まだ限界ではない
過剰な青か　アクシデントの赤か
もしくは黄を点滅して固まっている

行動の晴れ間に踏み込めないばかりで
淡々と　不満分子を積み上げている
思い通りに進まない例もあった筈
体は辿りつけなくとも
魂は何処までも越えて行く様に
どんな遠くからでも届く光はあり

光の部分は影を持って完成の姿になる
このまま飽和状態に至れば
引き上げて行く　レベルＸへ
壊れたものは速やかに取り除き
波形を重ねて増殖し　次のステップへ

　敵は他方から来るのではない
　　すでに意識の水面下で涌いている
　　　予感しないか　抑えがたい動めき

イエス　ノーを明確にするのも良いし
合わせ持つ　曖昧さもいい
どちらも有りなのだ　むしろ
何の為にあるのか心を引き出す役目さえ
見えなければ摑み所が無く先へは進めまい

言葉がすべって行くのではなく
重量を持たない状態が危険になるのだ

　不意な運命からの挨拶にも驚く事はない
　　その時々の航海でクルーは入れ替わる
　　　何度でも味わうがいい　生の手応えを

同じ時を開花する喜びを知るのは稀で
春乱の前夜祭は　視界の中
言葉を傾けて心の杯を満たそう
父の心音を聴き　星座に導かれて凪に乗る
でなければ全てを封印して眠りにつけばいい

エニシの色

どこかで　約束したのだろうか
浅い眠りの中　くり返す映像の物語《ストーリー》
確約が欲しいのか　言葉も音も消えた所で
特に　そういう不安ではなく
一切　予期せぬきっかけから起こる

切り離せる尻尾を用意するのは止め
むやみにスキャンし続ける事は許されない
濡れたページを誰の手でくるのだろう
傷《いた》み易いものを扱い慣れた者しか

思いの強さを　小出しにすることなど
自信を持つ為に準備するのはいかが
元より　何のかけひきも無い

背徳の手を退け　ゆるやかに頬笑む時
震えながら舞い落ちる恋文の紙片は
足元に重なり　雪になり　花びらになり
心しだいで王にも乞食にもなる秘めた力
降りて来た夢　ギリギリ踏みとどまって

ここには何も無い　まだ　何も
だが微妙にズレた位置が変化する前ぶれ
思い続けたことで近づいている
縁《えにし》の色はとてもまばゆい透明な空気
幾つもの小さな恋が戯れている脇で

高貴な陣痛は始まっている　ようこそ
オブリガードをつけて讃え迎えよう
未知の可能性と創造の結合

孤立していた音符に調べがついて行く瞬間
これから織られる楽曲の規模《スケール》を予感して
着火した火種は膨張して温もりを広げる
誰の母でもないゆえに
誰の母にもなれる思いで

Z

日常　経験する急カーブでの
コーナリングは結構いい方だが
とはいえ　殆ど不意を突かれるから
時に　油断する危険もあり

昨日と違う今日を　むしろ
零《ゼロ》から始めることが出来れば
零は無ではなく　終末でなく　始まり
全ての　単なるリセットではない
遙か昨日から今日　今日から遙か明日へ

途中に溝や空白は存在しない
此処に続く　小さな点の連鎖
否定される過去も無く
とざされる未来も無い筈の

が　平穏な道《コース》の要処に用意されている
並外れた障壁　越えなければ先が　無い
背いていた向きを微調整し
成すべき事へ　手を寄せ　足を使い
知恵を集めて　試される一族の進化と力
今迄の個人プレーではないチームワークで
一員として　守り　報いること
定刻通りに移動する天体の運行に習い

切り取られた空洞を埋めるのは

その痛みと喪失の等価に値するもの
白く光る手指と全身を走り抜く鮮血
眼球に宿る可能性を紡ぐ気力
闇と光　生と死の明け暮れ
瞬間を未来へ打ち続ける鼓動
誰かが誰かの重みを支え　支えられ
何も気付かずに眠る頃

昨夜も　訪れたのだろうか
今夜も　訪れるのだろうか
それは鎮静剤に変わり
いつしか心待ちにして

金色の

空に放った矢文は届いたか　目的の区域《エリア》に
十分な時間をかけ　見知らぬ道を通って
辿り着いたらしい手応えと幾つかの痕跡

多くの星を分け与えた故に
多くの光が届く　その手元へ
どんなに大きな物も小さな物も
比べられない　重さを測る事は出来ない
それ程大切なものも身近かに在る
やがて機が満ちて視界の中に広がる

確かな証しをあるがまま承認するだろう
その身を正装に包み
謎めいた微笑みを唇と瞳に宿して
どこまでも捉える力　うっとり流れ
何も語らぬ　金色の約束

何処からも見える交信可能な塔は険しい
鮮明な画像も温もりも一瞬で消す
容易には登れない常に吹き荒れる風の中

最も必要としている場所へ
心を運んで　その力で
たとえ最後の一人になっても決して
今　差し出せる唯一の誓いを誇らしく
言葉にすれば嘘になりそうな怖れ

この閉ざされた息詰まる背後の空気は
どこから来るのか　或いは無意識に
重さが増している　ということ
募る衝動を抑えているからでもない
むしろ頭上に四季は流れ
抜け出したい殻を打つ労力も及ばぬ焦り
記憶の底に眠っている自由の細胞を
真に　覚醒する手だてを考えている

G・メール

コーヒーとチーズをひと欠片
サプリを飲みこんで歩き出す
　重なり合うラッシュの圧力で
　扉《ドア》から弾き出され方向転換
　　朝の陣列に連なり発声
　　突然　指名のスピーチもこなし

どんな時も　場所も選ばず　共に
収穫物は育ちつづけている　育てている
純粋に明かされた真実と　隔ての無い

注がれる光を全身に溢れるほど浴びた夏
磨り減った神経と破損した心の襞は
喜びの力で　エネルギーを吸収できた
分解していた意識も一部　繋ぎ合わせ
あるべき姿に整えられたばかりか
今後も成長し受け継がれ反映される

窓外で首相公邸へ連呼する騒音に耐え
社内会議で求められた意見を述べ
　一日の完成へ向けて処理しつつ
明日が必要なら予定を作り
　全てはシミュレーション通り
力を抜いて駅への階段を降りて行く

ひとりの女に戻り人間になる頃も

分かち合った信頼の種は育ちつづけている
偶然か　それとも用意されたのか
探していた聖域への地図が広がっていて
知らない地名が　町が　囁いている
何時でも待っている　その気が有るなら
大切に運んで行きたい思いもあって
届いたばかり　再びのG・メール
封を切ると見覚えのある文字盤
懐かしい音階に幾重にも包まれて
もう何も　淋しくは無い

春《プリマベーラ》

時代を越え人の器から抜け出し
狂気の獣がニュースを占領する中
何処にあるのでもなく
天国も地獄も身内にあり
深い山も　谷もつくる　不文律

巧みに奏でるどんな楽器より
直接的《ストレート》に語りかけ問いかけてくる
人間《ひと》の声ほど心奪われるものは無い
震わせ　涙させるものはない

刻まれている細胞のひとつが目覚めれば
全てが覚醒するまで時間はかからない
ただ　解きたい言葉の謎があって
知る為に　どの道を行けばいいのか
目の前の迷路に踏みこむことが出来ない
すでに戻れない事を予測してしまう臆病さ
横切る影が持つ鳥籠の中に何時も鳥は居ない

試練の月日　病いからの家族の帰還
喜びを交わす約束の場所への歩み
縦横に編んだ実りの手応えと
例えば　時折りくゆらす煙草の灰の
一片でもいい　その膝に落ちたい思い

血肉を削り与えてくれたもの

形を変え織り上げて与え　発するもの
それぞれに引き出し合い繋ぐものを
ずっと遠くまで　熱を伴う光線になって
どこまでも届きますように
生み出す言葉たちに　豊かな調べも
魅了する声も　ついていないけれど
瞳に太陽と月を合わせ持ち
胸中に大海の波が脈打って
響き合い　唱ってゆける
ひときわ　色彩　味わいの違う
ただ一度の巡り来る

F

望んでいた一番近い扉は目の前で閉じられ
思いがけぬ失意の闇で　沈黙する
それまでの溢れていた歓喜が
数少ない偶然であることに気づく

ことのほか凭れ掛っていた身を起こし
与えられた月日と　信じて見守る
今　成すべきことを始めよう
TVの画面は流れてゆくだけの壁紙
報われる仕事の成果も歩調を合わせ

交わす讃辞の握手も一連の流れとなり
局面は　更なるレベルに移っていて
眩むほどの強い光の下で　焦がれている

逸《はぐ》れていた本心を連れ戻す為
夜に落ちるゴシックの街を訪れる
障害だらけに曲がった路も
長い距離を行くうち角張った敷石は丸くなり
何も捨てず足元に積まれ支えになっている

渇きを癒すオアシスは何処にも無いから
蜃気楼には気を取られず
絶やすこと無く透明な水を汲む
眠る時も　目覚めている時も
もう切り離すことは出来ない

分かち持つ未知への鍵を握りしめて
色や数の増えたパズルは
どれから組んでも良いのだけれど
残るひとつのピースだけは
最後の扉の前で嵌め込み　完成させる

あとがきにかえて

書きたい返事さえがまんして視線を上げ、ふと思う。何処か焦っているのではないか。今まで忙《せわ》しく行動して来たうちの、どれもが成功だったとは言えまい。やはり確認したい存在に値いする意味が必要だ。向かい合える余裕がゆるぎない芯を育てるだろうし。形を変え罠のように迫る困難は不意に訪れ、余測できない痛手を受けることも多い。それでも季節の移ろいを花の香りに感じ、肌を過ぎる空気の流れや心に響く音色。足元が俄《にわか》に険しくなり減速し始め、気力も奪われそうな時。身近かな所のみでなく、どれ程離れていても伝わってくる歓びもあって、立ち上がることが出来る。生の温もりの届いた分だけでも返信したい。研ぎすまされた冷たい知性を越え慈しみをたたえた智慧を求める。意識の翼を大きく伸ばし半径を広げ、宇宙《そら》たかく飛んで行きたい。

B・Bに乗《の》って

著者
小林《こばやし》Y節子《せっこ》
発行者
小田久郎
発行所
株式会社思潮社
〒一六二―〇八四二　東京都新宿区市谷砂土原町三の十五
電話＝〇三―三二六七―八一四一（編集）・八一五三（営業）
FAX＝〇三―三二六七―八一四二
印刷所
三報社印刷株式会社
製本所
小高製本工業株式会社
発行日
二〇一〇年五月二十五日